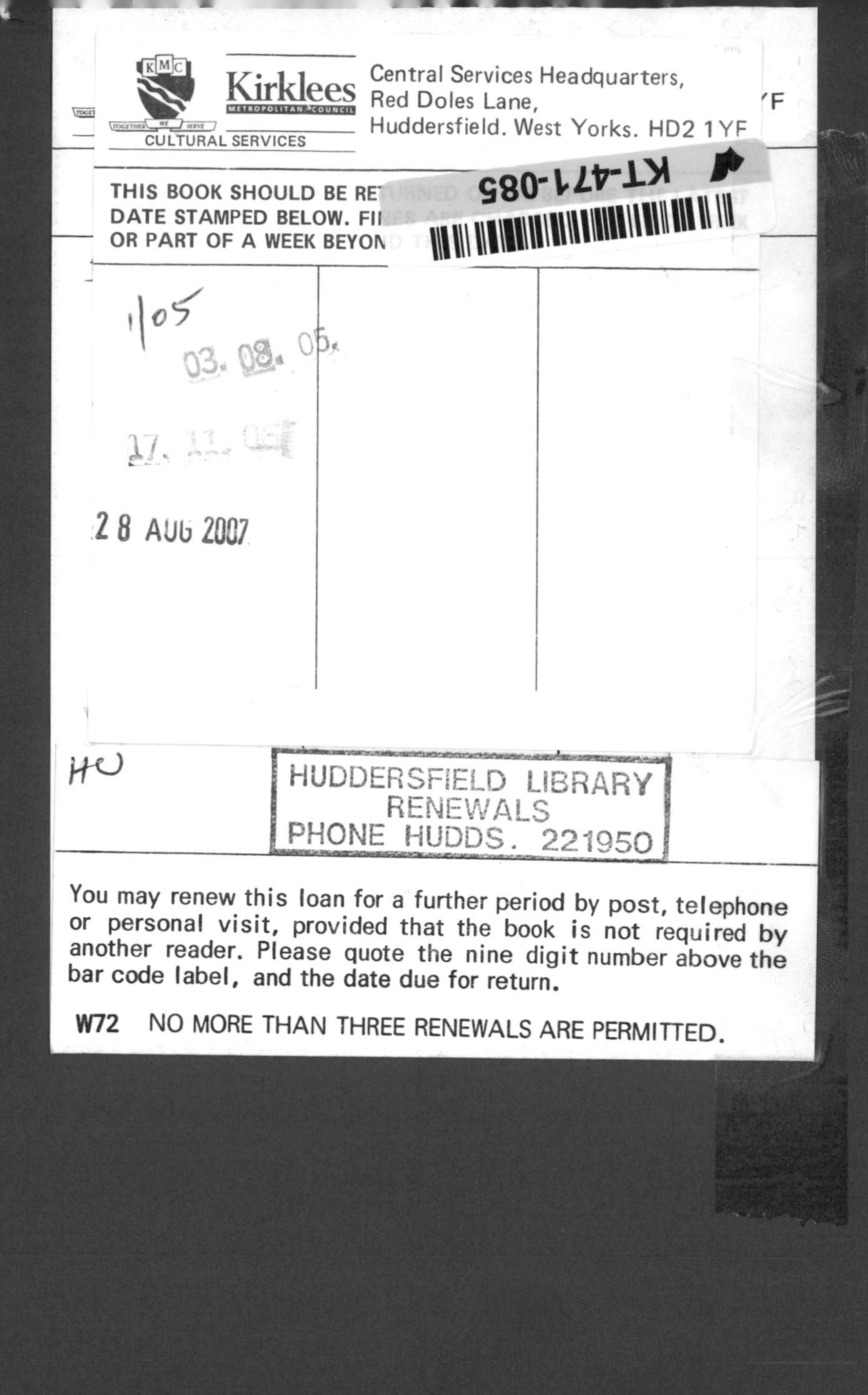

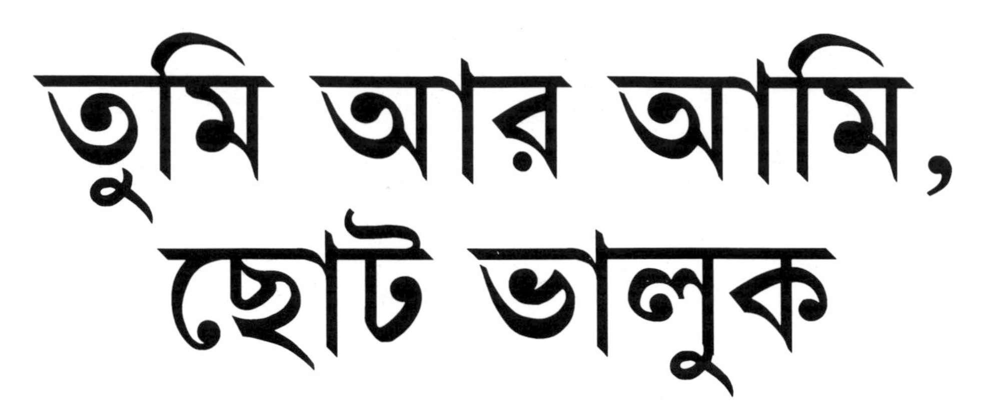

লিখেছেন: মার্টিন ওয়াডেল

ছবি এঁকেছেন: বার্বারা ফার্থ

This edition published in 1996 by
Magi Publications
22 Manchester Street, London W1M 5PG

First published in Great Britain in 1996 by
Walker Books Ltd, London
Printed and bound in Italy

ISBN 1 85430 518 2

YOU AND ME, LITTLE BEAR

by Martin Waddell

illustrated by Barbara Firth

Translated by Kanai Datta

একদা দুটি ভালুক ছিল, বড় ভালুক ও ছোট ভালুক।
বড় ভালুক ছিল একটা বিরাট ভালুক আর ছোট ভালুক ছিল
একটা ছোট ভালুক।
ছোট ভালুক খেলা করতে চাইল, কিন্তু বড় ভালুকের অনেক
অন্য কাজ ছিল।

Once there were two bears,
Big Bear and Little Bear.
Big Bear is the big bear and Little Bear
is the little bear.
Little Bear wanted to play, but Big Bear
had things to do.

“আমি খেলা করতে চাই!” ছোট ভালুক বলল।
“আমাকে আগুন জ্বালার জন্য কাঠ জোগাড় করতে হবে,”
বড় ভালুক বলল।
“আমিও কিছু জোগাড় করব,” ছোট ভালুক বলল।
“তুমি আর আমি, ছোট ভালুক,” বড় ভালুক বলল,
“আমরা একসাথে কাঠ বয়ে আনব।”

“I want to play!” Little Bear said.
“I’ve got to get wood for the fire,”
said Big Bear.
“I’ll get some too,” Little Bear said.
“You and me, Little Bear,” said Big Bear.
“We’ll fetch the wood in together!”

“এখন আমরা কি করব?” ছোট ভালুক প্রশ্ন করল।
“আমি জল আনতে যাচ্ছি,” বড় ভালুক বলল।
“আমিও কি আসতে পারি?” ছোট ভালুক জিগগেস করল।
“তুমি আর আমি, ছোট ভালুক,” বড় ভালুক বলল,
“আমরা দুজনে একসাথে জল আনতে যাব।”

“What shall we do now?” Little Bear asked.
“I’m going for water,” said Big Bear.
“Can I come too?” Little Bear asked.
“You and me, Little Bear,” said Big Bear.
“We’ll go for the water together.”

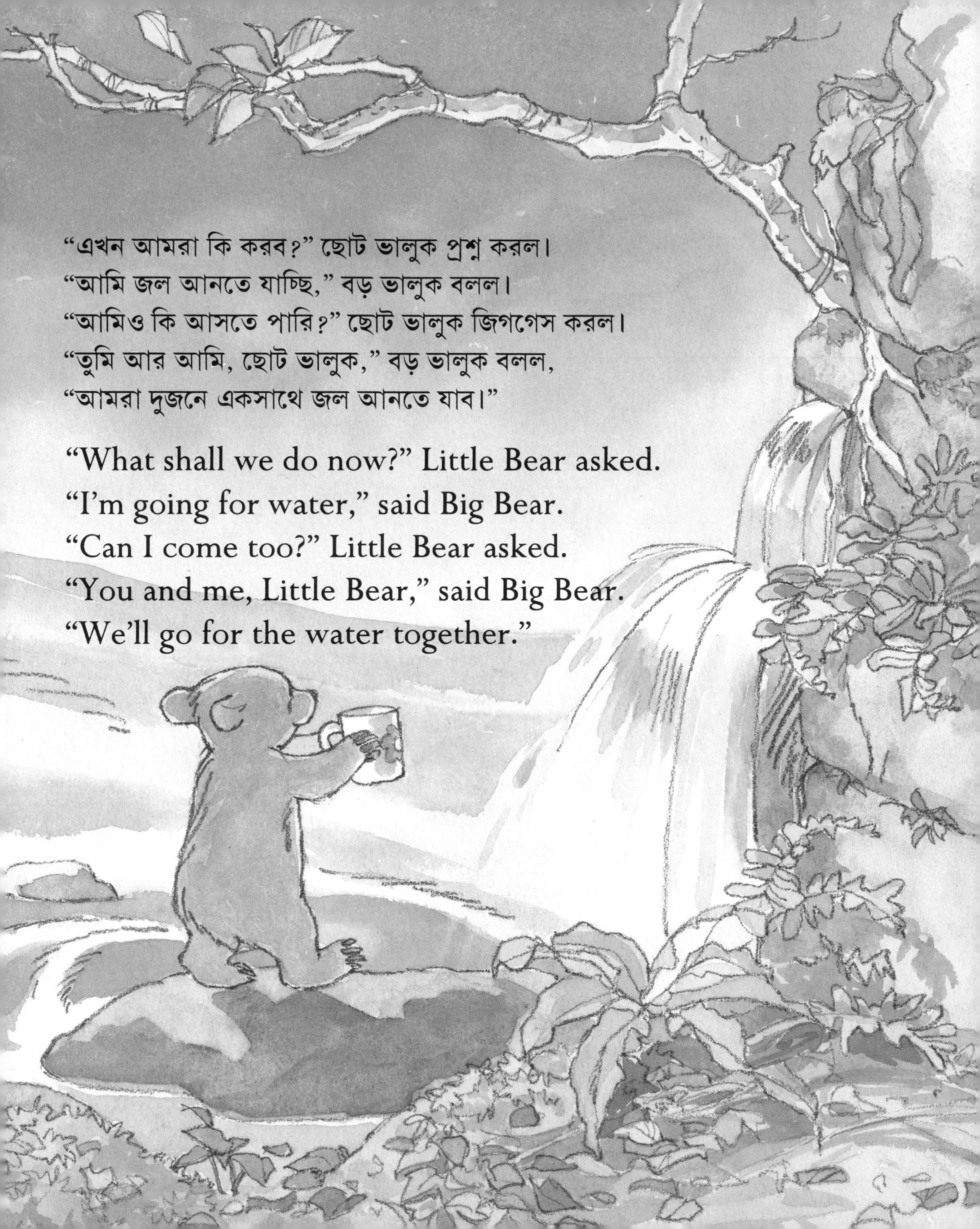

HAMLET

“এখন আমরা খেলা করতে পারি,” ছোট ভালুক বলল।
“আমাকে এখন আমাদের গুহা পরিষ্কার করতে হবে,”
বড় ভালুক বলল।
“বেশ ..... আমিও পরিষ্কার করব!” ছোট ভালুক বলল।
“তুমি আর আমি” বড় ভালুক বলল, “ছোট ভালুক,
তুমি তোমার জিনিসগুলি গুছিয়ে ফেল। বাকিটা আমি করব।”

“Now we can play,” Little Bear said.
“I’ve still got to tidy our cave,” said Big Bear.
“Well . . . I’ll tidy too!” Little Bear said.
“You and me,” said Big Bear. “You tidy your
things, Little Bear. I’ll look after the rest.”

“বড় ভালুক, আমি আমার জিনিসগুলি গুছিয়ে ফেলেছি,” ছোট ভালুক বলল।
“বেশ ভাল, ছোট ভালুক,” বড় ভালুক বলল, “কিন্তু আমার কাজ এখনও শেষ হয়নি।”
“তুমি আমার সঙ্গে খেলা করো!” ছোট ভালুক বলল।
“ছোট ভালুক, তোমাকে এখন একাই খেলা করতে হবে,” বড় ভালুক বলল।
“আমার এখনও অনেক কাজ বাকি।” ছোট ভালুক একা একা খেলতে থাকল এবং বড় ভালুক নিজের কাজ করতে থাকল।

“I’ve tidied my things, Big Bear!” Little Bear said.
“That’s good, Little Bear,” said Big Bear. “But I’m not finished yet.”
“I want you to play!” Little Bear said.
“You’ll have to play by yourself, Little Bear,” said Big Bear.
“I’ve still got plenty to do!”
Little Bear went to play by himself, while Big Bear got on with the work.

ছোট ভালুক ভালুক–লাফানো
খেলা করল।

Little Bear played
bear-jump.

ছোট ভালুক ভালুক–পিছলানো
খেলা করল।

Little Bear played
bear-slide.

ছোট ভালুক ভালুক –
দোলা খেলা করল।

Little Bear played
bear-swing.

ছোট ভালুক ভালুক–কাঠি–দিয়ে–
ভালুক–মজার খেলা করল।

Little Bear played
bear-tricks-with-bear-sticks.

ছোট ভালুক ভালুক–মাথার–উপর–দাঁড়ান খেলা করল এবং বড় ভালুক বাইরে এসে তার পাথরটির উপর বসল।

ছোট ভালুক ভালুক–নিজে–নিজে–দৌড়ে খেলা করল এবং বড় ভালুক চোখ বন্ধ করে ভাবতে থাকল।

Little Bear played bear-stand-on-his-head and Big Bear came out to sit on his rock.
Little Bear played bear-run-about-by-himself and Big Bear closed his eyes for a think.

ছোট ভালুক বড় ভালুকের সাথে কথা বলতে গেল,
কিন্তু দেখল যে বড় ভালুক ....

অঘোরে ঘুমাচ্ছে!

Little Bear went to speak
to Big Bear, but
Big Bear was . . .

asleep!

“উঠে পড়, বড় ভালুক,” ছোট ভালুক ডাকল।
বড় ভালুক তার চোখ খুলল।
“আমি আমার সব খেলাই নিজে নিজে খেলেছি,”
ছোট ভালুক বলল।

“Wake up, Big Bear!” Little Bear said.
Big Bear opened his eyes.
“I’ve played all my games by myself,”
Little Bear said.

বড় ভালুক একটু ভাবল তারপর বলল, “এসো, আমরা
লুকোচুরি খেলা করি, ছোট ভালুক।”
“আমি লুকাবো, আর তুমি খুঁজবে,” ছোট ভালুক বলল এবং
ছুটে লুকাতে চলে গেল।

Big Bear thought for a bit, then he said,
“Let’s play hide-and-seek, Little Bear.”
“I’ll hide and you seek,”
Little Bear said, and he
ran off to hide.

“আমি এখন আসছি!” বড় ভালুক বলল এবং ছোট ভালুককে না পাওয়া পর্যন্ত খুঁজতেই থাকল।

“I’m coming now!” Big Bear called and he looked till he found Little Bear.

তারপর বড় ভালুক লুকালো আর ছোট ভালুক খুঁজতে থাকল।
“আমি তোমাকে দেখেছি, বড় ভালুক!” ছোট ভালুক বলল।
“এখন আমি আবার লুকাবো।”

Then Big Bear hid, and Little Bear looked.
“I found you, Big Bear!” Little Bear said.
“Now I’ll hide again.”

ওরা অনেক রকম ভালুক-খেলা খেলল।
গাছের ফাঁক দিয়ে সূর্য্য যখন অস্ত
গেল ওরা তখনও খেলছিল। তারপর
ছোট ভালুক বলল, “বড় ভালুক, চলো,
এবার আমরা ঘরে যাই।”

They played lots of bear-games.
When the sun slipped away through
the trees, they were still playing.
Then Little Bear said,
“Let’s go home now, Big Bear.”

বড় ভালুক ও ছোট ভালুক এক সাথে ওদের
গুহার ঘরে ফিরে গেল।
"ছোট ভালুক, আজ আমরা খুবই ব্যস্ত ছিলাম!"
ভালুক বলল।
"আজ খুব মজা হল, বড় ভালুক," ছোট ভালুক
বলল, "শুধু তুমি আর আমি খেলা করলাম . . .

Big Bear and Little Bear went
home to their cave.
"We've been busy today, Little Bear!"
said Big Bear.
"It was lovely, Big Bear," Little Bear said.
"Just you and me playing . . .

এক সাথে।”

together.”